閱讀123

國家圖書館出版品預行編目資料

一個傻蛋賣香屁／顏志豪文；葉祐嘉圖
-- 第二版. -- 台北市：
親子天下, 2019.06
104 面； 14.8x21公分. --（閱讀123系列；41）
ISBN 978-957-503-417-7（平裝）
859.6 108007065

閱讀 123 系列 ———— 041

一個傻蛋賣香屁

作者｜顏志豪　繪者｜葉祐嘉
責任編輯｜黃雅妮
特約美術設計｜蕭雅慧

天下雜誌群創辦人｜殷允芃
董事長兼執行長｜何琦瑜
兒童產品事業群
副總經理｜林彥傑
總編輯｜林欣靜
主編｜陳毓書
版權主任｜何晨瑋、黃微真

出版者｜親子天下股份有限公司
地址｜台北市 104 建國北路一段 96 號 4 樓
電話｜（02）2509-2800　傳真｜（02）2509-2462
網址｜ www.parenting.com.tw
讀者服務專線｜（02）2662-0332　週一～週五：09:00~17:30
讀者服務傳真｜（02）2662-6048
客服信箱｜ parenting@cw.com.tw
法律顧問｜台英國際商務法律事務所・羅明通律師
製版印刷｜中原造像股份有限公司
總經銷｜大和圖書有限公司 電話：(02）8990-2588

出版日期｜ 2012 年 11 月第一版第一次印行
2022 年 11 月第二版第四次印行
定價｜ 260 元　書號｜ BKKCD124P
ISBN ｜ 978-957-503-417-7（平裝）

———— 訂購服務
親子天下 Shopping ｜ shopping.parenting.com.tw
海外・大量訂購｜ parenting@cw.com.tw
書香花園｜台北市建國北路二段 6 巷 11 號　電話（02）2506-1635
劃撥帳號｜ 50331356 親子天下股份有限公司

一個傻蛋賣香屁

文 顏志豪　圖 葉祐嘉

從前，某戶人家有兩兄弟，
哥哥叫做賈聰明，弟弟叫做賈傻蛋。
這天，太陽熱情的張開臂膀，
擁抱著大地。

賈傻蛋蹲在太陽
底下，辛勤的把稻草
人豎立在田中央，
汗水不停的滴落下來。

賈聰明愜意的坐在大樹下，手搖著扇子，嘴裡哼著歌。

在農田裡，
賈傻蛋一手包辦了所有的農事，
而賈聰明永遠坐在大樹下
指揮弟弟做這個做那個。

這時，賈聰明的妻子
曾燕晴匆匆跑來，
朝著兩兄弟大喊：
「趕快回家，
爸爸快不行了！」

媽媽生下賈傻蛋後就難產過世了，由爸爸獨自扶養兩個兒子。

賈家有一畝田，父子三人靠著這塊小小的田地過活。

日子總是比想像中過得快，賈聰明已經娶妻成家，賈傻蛋卻還是光棍一個。

兩兄弟有著截然不同的個性。

弟弟賈傻蛋個性憨厚又勤奮，每天任勞任怨的做事，從來不曾喊苦，臉上永遠掛著大大的笑容。

而哥哥賈聰明整天只想著如何偷懶，無所事事。

賈聰明和賈傻蛋趕回家裡。

「聰明，我不在了，你要好好照顧弟弟啊！」爸爸勉強睜開眼睛，氣若游絲的說。

「爸，為什麼要我們照顧他？」曾燕晴抱怨著。

「只要你們願意照顧傻蛋，所有的財產都歸你們，好嗎？」爸爸說。

夫妻倆相視一笑說：「好的，爸爸。」

一旁的傻蛋哭紅著雙眼，嚷著：「爸爸，你不要死！」

爸爸終究還是露出了他人生中最後的笑容，臨走前，他對傻蛋說：

「記住，難過，難過，真難過，用心工作就會過，知道嗎？」

爸爸摸摸傻蛋的頭，闔上了眼睛。

轉眼間，一個月過去了。

「我說傻蛋啊！爸爸都已經過世這麼久了，你老是這樣跟我們住在一起，也不是辦法。」

曾燕晴一雙又細又扁的眼睛，瞄著賈傻蛋說：「你也夠大了，該出去建立自己的家庭了。」

「來福，不要亂動！」賈傻蛋正幫著來福抓身上的虱子。

恭喜發財
春
春

來福是隻小黃狗，半年前才來到賈家。記得那天傍晚，賈傻蛋做完農事回家。一到家裡，便看到蹲在家門口的來福。

來福身上的毛髮稀稀落落，一副營養不良的樣子，善良的傻蛋便把牠留下來，幫牠洗澡，餵牠吃東西。

自此之後，來福就賴著不走了。傻蛋走到哪裡，來福就像影子般跟到哪裡，兩個感情非常好。

「你有沒有認真聽我說話？」曾蕪晴說。

傻蛋抬起頭，露出憨甜的笑容：「有，大嫂。」

「那你明天就離開這裡。」曾蕪晴面無表情的說。

「可是，我要去哪裡？」傻蛋傻傻的問。

「你想去哪裡，就去哪裡。」曾蕪晴回答。

「老婆，這樣好嗎？」賈聰明面露不安的說：

「我們已經答應爸爸要好好照顧他……」

賈傻蛋仍舊抱著來福抓虱子，來福身上的虱子，好像怎麼抓也抓不完。

賈聰明看看弟弟說：

「既然你那麼喜歡來福，就帶牠一起走吧！」

賈傻蛋聽了，高興得跳起來：「謝謝哥哥！」

賈聰明覺得這個弟弟真是傻到無藥可救了。

第二天，賈傻蛋和來福就離開了家。

賈傻蛋帶著來福漫無目的的走著。走著走著，肚子愈來愈餓了。

突然，來福跑到傻蛋面前搖搖尾巴，還汪汪叫著，示意傻蛋跟牠走。

賈傻蛋跟著來福，一路往前走，眼看離城鎮愈來愈遠了，最後來到一個偏僻的荒郊野外。

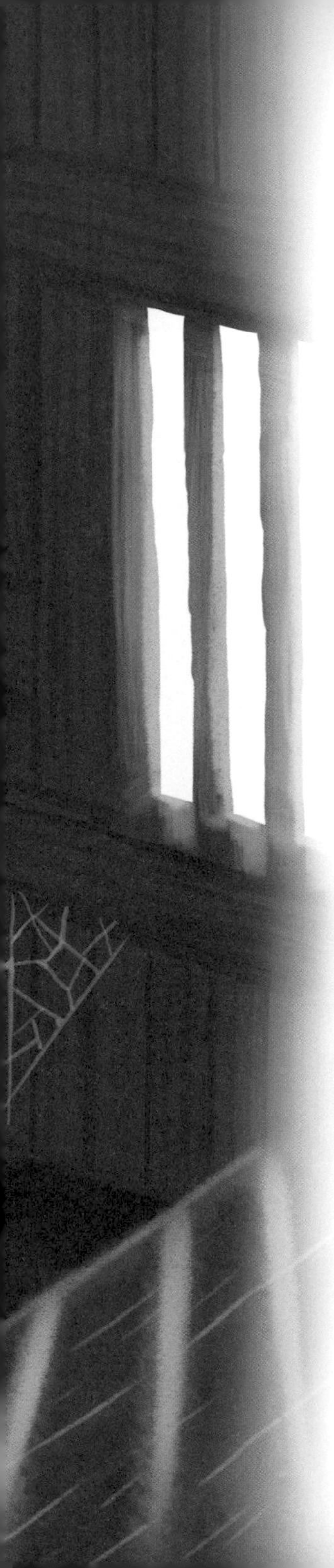

這裡有間破房子。房子裡布滿灰塵和蜘蛛絲，看起來已經許久沒有人住了。賈傻蛋費了一番功夫，把房子整理得一塵不染，和來福安心住下來。

雖然住的地方有著落了，但賈傻蛋身上只剩下幾毛錢，再這樣下去，肯定會餓死。

他發現房子旁邊有塊小荒地，不過若是要耕種，他也沒有多餘的錢可以買牛。

「種菜好了！」賈傻蛋很滿意自己的點子。

他把僅剩的一點錢拿去買種子，奮力的整理好小荒地，整地、播種、除草、澆水，他想起了與爸爸一起耕種的時光。

日子一天天過去，終於到了收成的時候。由於土壤太過貧瘠，傻蛋種出來的菜，長得又小又醜，他把菜推到了市場。

然而，市場上有太多人賣菜，誰會想要買又小又醜的菜？更何況是跟一個傻蛋買。萬一吃了傻蛋種的菜，也變成傻蛋的話，那可怎麼辦？

眼看著人來人往，就是沒有人來光顧菜攤，傻蛋摸摸窩在腳邊的來福，垂頭喪氣的說：

「來福，如果還是沒有人跟我們買菜，該怎麼辦？」

來福什麼都不會，只能默默的聽著賈傻蛋哭訴。不一會兒，牠跑到牆邊，蹲下去，噗的一聲，拉了一坨屎。

賈傻蛋發現一件很奇怪的事，來福最近好像特別會拉屎。可是，他根本沒有餵牠吃什麼東西，來福怎麼會拉這麼多屎呢？

而且最近來福總是一大早就出門，一直到傍晚才回家。只要一到家，就跑到菜園去拉屎，牠的大便，幾乎快把菜園給掩沒了。

眼看一堆菜乏人問津，賈傻蛋只好推著車子，把菜原封不動的運回家自己吃。

由於菜攤的生意不見起色，賈傻蛋也就無心到菜園耕作。

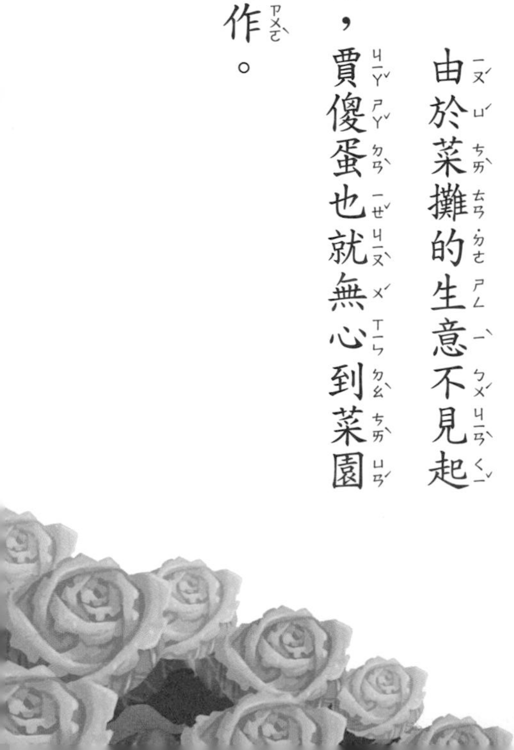

兩個多月過去了，有一天，賈傻蛋走到菜園，意外發現菜園裡的蔬菜竟然長得出奇的好，既有賣相，又美味可口。

有了賣相良好的蔬菜，賈傻蛋的生意日漸興隆，口袋也愈來愈飽滿，每天都笑容滿面。

賈傻蛋開懷的笑聲，跑到了賈聰明的耳裡。

賈聰明的心裡很不是滋味，便回家告訴妻子。

「這其中一定有鬼，你快去調查清楚。」曾燕晴說。

隔天，賈聰明尾隨著傻蛋來到住所。

他發現，原來是來福的大便滋養了菜園，土地有了營養，菜也就跟著肥美起來。

但是，賈聰明也發現，賈傻蛋根本沒有餵來福吃東西，來福哪來那麼多大便呢？

賈聰明好奇的跟蹤來福，赫然發現，原來來福是跑到自己的農田，偷吃農作物。

賈聰明一氣之下，把來福給打死了。

賈傻蛋回家發現死去的來福，傷心的抱著牠冰冷的身體，眼淚一顆顆掉下來。

賈傻蛋把來福埋葬在小菜園旁邊，沒有了來福，孤單的傻蛋更加寂寞了。每次一想到來福，他就不停的掉淚。

哭著哭著，他突然想起爸爸說過的話，如果心裡難過，只要記住那句話，念個五次就會好了。

但是，傻蛋想來想去，就是想不起來，

那句話到底是什麼呢？

啊！好像是，「難過，難過，真難過，用心除草，就會過。」

傻蛋在心裡默念五次，接著便到農田除草，工作了一整天，簡直累壞了。

看著眼前整齊的農田，他的心情真的轉好了。

晚上，傻蛋夢見來福依偎在他的懷裡，睡得很香甜。

正當他沉浸在與來福相擁的幸福裡，突然，來福的身體發燙起來，愈來愈燙，愈來愈燙，接著開始融化，最後竟變成一隻美麗的五色鳥，啪啪啪的展翅飛走。

五色鳥愈飛愈遠。

當賈傻蛋從夢中醒來時，天色已經亮了。

他來到來福埋葬的地點，發現一夜之間，有棵大樹竟然從墓地長了出來，蓊蓊鬱鬱。

他坐在樹蔭底下吹著風，突然聽到有個聲音說：

「傻蛋，傻蛋，你真棒！傻蛋，傻蛋，你真棒！」

原來是一隻美麗的五色鳥棲息在樹上。

「是來福嗎？」傻蛋認定這隻五色鳥就是來福，便把牠帶回家，對牠疼愛有加。

那天之後，五色鳥取代了來福，每天跟著賈傻蛋來到菜攤賣菜。

美麗的五色鳥不僅擁有繽紛漂亮的羽毛，還會說許多話，而且句句好話。

看到老爺爺便說：

「哪來的年輕小伙子？長得如此俊俏！」

看到婦女便說：

「這裡是天堂嗎？否則怎麼會有如此美麗的姑娘？」

大家都被五色鳥逗得合不攏嘴。

於是，賈傻蛋就管牠叫——好話鳥。

雖然失去了來福，但卻來個好話鳥陪伴。

好話鳥在賈傻蛋的菜攤上，東一句好話，西一句好話，把大家逗得開心不已，前來光顧的客人又開始多了起來，賈傻蛋也慢慢走出失去來福的傷痛。

好話鳥幫助賈傻蛋的菜攤生意再度興隆，賈聰明趕緊回去跟曾蕪晴稟報。

「你一定要把這隻鳥弄到手，牠肯定能幫我們賺錢。」曾蕪晴對賈聰明說。

賈聰明趁著賈傻蛋到菜園除草的時候，偷偷溜進傻蛋的小農舍。

好話鳥正在窗戶邊休息。

賈聰明拿著網子一撈，好話鳥就這樣被抓走了。

然而，到了賈聰明家的好話鳥，一句好話也不吐，反而滿嘴壞話。

「賈聰明，賈聰明，好吃懶做他最行。」

「曾蕪晴，曾蕪晴，尖酸刻薄小眼睛。」

賈聰明和曾燕晴簡直氣炸了，把好話鳥給宰了，還故意把屍體丟在賈傻蛋家裡。

賈傻蛋回到家，看到奄奄一息的好話鳥，放聲大哭。

他把好話鳥埋葬在大樹下，每次一想到好話鳥，就不停的掉淚。

這時候，他又想起爸爸的話，如

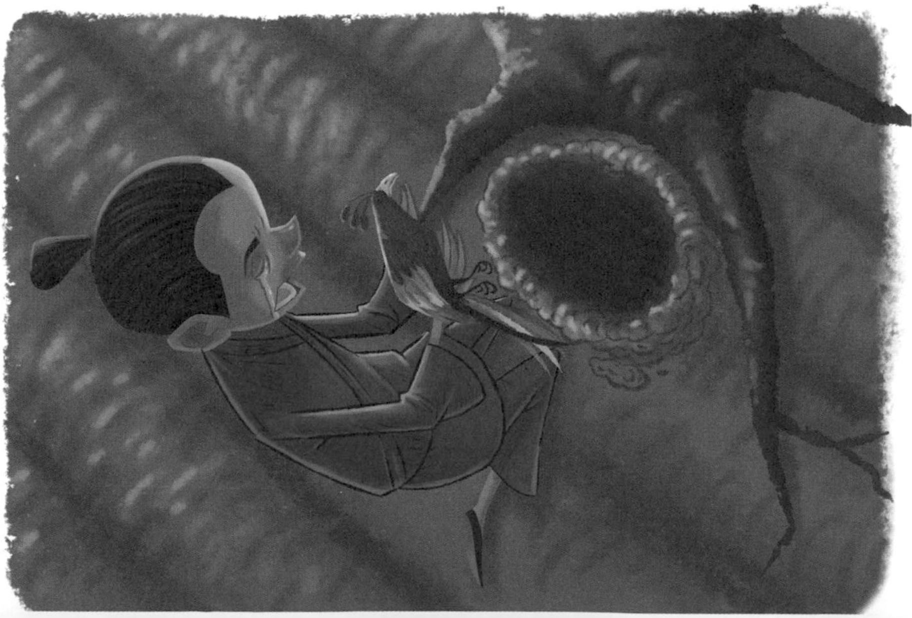

果覺得難過，只要記住那句話，念個五次，心情就會好了。但是，傻蛋想來想去，就是想不起來，那句話到底是什麼呢？

啊！好像是這樣，「難過，難過，真難過，用心祝福，就會過。」

賈傻蛋對每個來攤子買菜的客人，獻上滿滿的祝福，大家聽了都很開心，看到客人的笑容，他的心情也跟著好起來。喪失好話鳥的悲痛，也就慢慢釋懷了。

過了幾個禮拜，賈傻蛋菜園裡的大樹，竟然開始結起一顆顆梨子，原來這是一棵梨樹。

只是，梨子長得很醜。沒有了會施肥的來福，也失去會招攬客人的好話鳥，菜攤的生意一落千丈。

賈傻蛋試著把梨子拿到市場去賣，但是梨子太醜，沒人買。

不過傻蛋並不傷心，雖然梨子一顆都沒賣出去，但是可以自己吃。梨子醜歸醜，嘗起來卻甜如蜜。

別人吃番薯會放屁，是臭屁，沒想到吃醜梨也會放屁；然而卻是香屁。

賈傻蛋馬上把這件事告訴哥哥賈聰明，賈聰明一開始還嚇一跳，因為屁真的挺香的。

曾蕪晴說：

「我說傻蛋啊，既然你的屁那麼香，那就拿去市場賣啊！肯定可以賺大錢。」

「對！對！對！你大嫂說的沒錯，你應該去賣屁。」賈聰明附和著說。

賈傻蛋開心的點點頭。

看著傻弟弟，賈聰明捧著肚子大笑。

曾燕晴繼續說道：

「真是傻到無藥可救，有誰會買屁啊？

而且還是傻蛋放的屁，哈哈哈！」

於是，賈傻蛋真的到市場擺了一個賣屁攤。

雖然這個屁是香的，但不管是香屁還是臭屁，只要是從屁股出來的，就是不衛生的屁。路過傻蛋的屁攤，大家都避之唯恐不及，想當然一個屁也賣不出去。

既然沒有人買香屁，這忍了一天的屁，總算可以安心放出來了。

賣香屁

鼓脹的肚子隨著香屁釋放，像洩了氣的氣球般扁了。

「呼！」賈傻蛋滿臉暢快。

「哇！好迷人的香味！」

一個美若天仙的女子走了過來，看見傻蛋的賣屁攤，非常的驚喜，沒想到真的有人賣香屁。

這位女子是高高在上的公主。

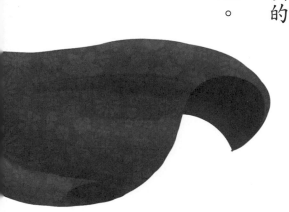

賣香屁

原來，由於皇上日理萬機，飽受失眠之苦，御醫試過了幾萬種處方，仍舊不見改善。正當大家束手無策的時候，公主在睡夢中夢見了一隻狗，上面停著一隻五色鳥，喊著：

「臭屁治鼻塞不會好，香屁治失眠睡得飽。」

公主認為這是個預言夢。

正當公主還在為找香屁的事煩惱不已時，沒想到竟然在這裡遇上了。

「我要買香屁。」公主說。

「真的嗎？」賈傻蛋不可置信的問。

「但是我的香屁已經放完了，要等到明天才有。」

「沒關係，你明天可以到皇宮來找我嗎？」公主說。

「沒問題。」賈傻蛋開心極了。

香屁果真讓皇上一覺好眠。從此，傻蛋就每天晚上進宮獻屁。

賈聰明知道這件事後，充滿嫉妒。賈傻蛋竟然可以得到皇上的恩寵，他可是個傻蛋呢！

「哼！這種事應該發生在我身上才對！」賈聰明說。

「你看看！就連個傻子都可以受到皇上的恩寵，你呢？你的田都快枯死了，我們都快活不下去了，嫁給你不如嫁給一個傻子！」曾蕪晴氣憤的說。

這可是他要賈傻蛋去賣屁的。現在賈聰明後悔不已，再加上曾蕪晴的抱怨，讓他愈想愈生氣，憤而把賈傻蛋的梨樹

給砍了，把梨子統統帶回家。

「我看你還怎麼放香屁！」賈聰明暗自笑著。

賈傻蛋看到梨樹被砍，心裡非常難過。

他難過的不是不能再放香屁了，而是被砍的樹，有著他和來福，還有好話鳥的共同回憶。

他眼淚撲簌簌的流下來。

突然，他又想起爸爸的話，

「難過，難過，真難過，用心唱歌，就會過。」

不用想也知道，這句話又是錯的，不過好像還滿管用的。

傻蛋坐在家門口，對著月光，唱著爸爸小時候唱給他聽的搖籃曲，唱著唱著，竟然不難過了。

「這梨子怎麼又醜又難吃！」賈聰明簡直無法下嚥，但為了到宮廷獻上香屁，還是忍著吞下肚。

吃下一堆梨子，他的屁已經把肚子撐得老大，像顆球一樣。

「我的香屁比賈傻蛋的還香，請讓我獻屁給皇上。」賈聰明對城牆的守衛說。

賈聰明來到皇上面前。

不過，不知道是不是因為看到皇上太過緊張，屁怎麼樣都放不出來。他用盡了全身的力量，還是徒勞無功。

皇上等得不耐煩：「你知道，如果你放不出屁來，可是犯了欺君大罪，要砍頭的。」

賈聰明聽到砍頭兩個字，腿都軟了，更沒有力氣擠出屁來。

「來人啊！把他拖下去砍了！」皇上說。

「再等一下！就快好了！」賈聰明用盡最後的力氣，大吼一聲：「啊！」

屁股終於有動靜了，噗的一聲，成功了。

不過，卻是個好大好大的超級無敵大臭屁。

這股臭屁讓皇上的身體足足洗了七七四十九天，殘留的餘味，久久不散。

賈聰明因此被關進大牢，準備領死。

賈傻蛋知道後，想要向皇上求情，但是大樹被砍了，也不能放香屁了。

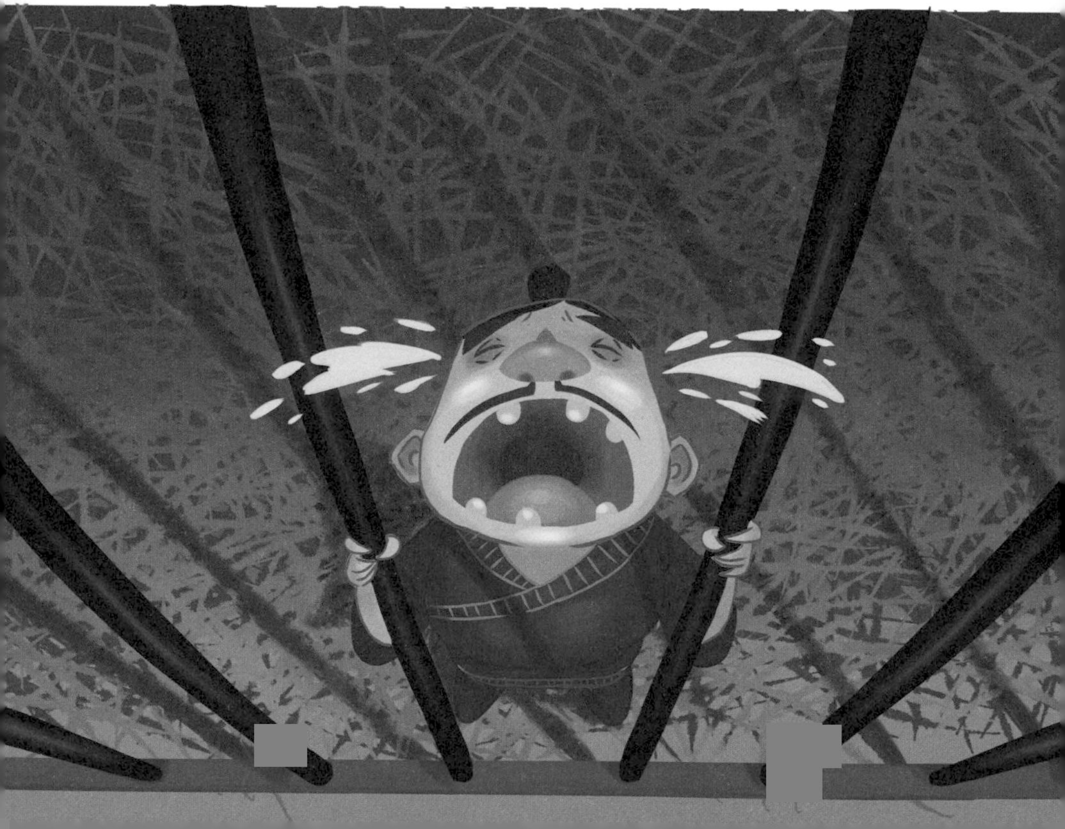

賈傻蛋又擔心又苦惱，
怎麼樣都睡不著。他也像
皇上一樣，失眠了。
怎麼辦才好呢？

這時，從不遠處傳來熟悉的旋律，有人在拉胡琴。這不是小時候爸爸唱的搖籃曲嗎？

聽著，聽著，賈傻蛋緩緩睡去，一覺到天亮。

沒想到用胡琴拉搖籃曲竟然如此悅耳，可以讓人一覺好眠，對付皇上的失眠，應該也有效，賈傻蛋決定試試看。

他用有著和來福與好話鳥回憶的樹幹，做成胡琴，並在胡琴上刻了來福和好話鳥。果然，賈傻蛋製造出來的胡琴，拉出了美妙的樂音。

每到深夜，賈傻蛋就拿著胡琴，拉著搖籃曲，凡是聽到琴聲的人，都睡得又香又甜。

沒有香屁，皇上又有好一陣子無法入睡了，賈傻蛋毛遂自薦，請皇上聽他拉的胡琴。

胡琴悠然的旋律，終於讓皇上安心入眠。睡了一夜好覺，皇上通體舒暢。上一次賈傻蛋用香屁讓他入眠，這次是胡琴，他覺得賈傻蛋好像跟自己特別有緣分。

「你有想要的東西嗎？」皇上對賈傻蛋說：「朕賜給你黃金十萬兩，布匹五十尺，牛馬羊各五十匹。」

「我、我……」賈傻蛋吞吞吐吐。

「難道你嫌少？」皇上說。

「不，小的不敢。」

賈傻蛋的聲音顫抖：「不過，這些東西我都不想要。」

皇上一臉震怒。

「您誤會了。」賈傻蛋戰戰兢兢的說：「我只是、只是……」

「等等，我還有一個要求，如果我有需要，你必須到皇宮裡來拉胡琴給我聽，那音色真是太美了。」

自此以後，傻蛋除了到皇宮，拉琴給皇上聽；也讓胡琴悠揚的旋律傳遍全城，每個人都安心入睡。

不久，賈傻蛋娶了美麗的公主，成了駙馬爺。

囍

那曾蕪晴和賈聰明呢？

自從賈聰明被關進大牢，曾蕪晴就跑了，沒有人知道她的行蹤。曾經有人在別的村莊，看到一個很像曾蕪晴的乞丐。

而賈聰明則每天擺著比大便還臭的臉，心不甘情不願的清理大便。大家只要一看到他就躲著他，認為看到他會帶來厄運。

直到有一天，賈傻蛋竟然出現在賈聰明面前，幫他一起清理大便。

「你不需要可憐我。」賈聰明說。

「哥，我沒有可憐你，我只是想幫你。」

賈傻蛋的笑容依舊天真無邪，讓賈聰明想起小時候的歡樂時光，一股激動的情緒湧上心頭，接著放聲大哭。

哭聲經過農田，繞過高山，然後朝著藍色的天空飄去。

作者的話

對傳統智慧致敬

◎顏志豪

我喜歡民間故事，總覺得民間故事有股魅力，一種莫名的親切，一股特別的香。說也奇怪，無論時代的巨輪如何運轉，民間故事卻沒被巨輪所輾碎，反倒如酒般，歷久香醇。

民間故事是我們的血液，流淌在我們的身體裡，使我們知道，我們從何而來？我們的記憶為何？所以，我們都活在這些故事當中。

改寫民間故事，是個非常特別的經驗，期盼它保有傳統的民間故事血脈，但又不失新時代的精神，的確比想像中困難許多。《賣香屁》在坊間已經有許多作家改寫過，而又是個家喻戶曉的故事，怎麼燃燒舊有的柴火，燒製出眼睛為之一亮的作品，是一股不小的壓力。於是，為自己立下一些寫作目標。首先，改寫後的作品，絕對不能遺失故事原來的精神，簡單的說，我要練就換湯不換藥的武林絕招，否則小朋友閱讀後，賴在地上哭喊著：「這不是『賣香屁』，這不是『賣香屁』！」那我可就麻煩了。

另外，雖然這是個很久很久以前的故事，但是由我改寫，就必須有我獨有的風格，不然請別人寫就好了，幹麼要我寫！所以必須按著我的筆來走，而我堅持著兩件事，第一、絕對要幽默。這絕對是一件重要的事。老師都教我們要笑口常開，老師說的話，我們要聽，所以我希望故事能幽默好笑，再加上這是一個關於「屁」的故事，如果我寫得不好笑，不是很奇怪嗎？第二、絕對要有想像力。什麼是想像力呢？我不喜歡這個老師，但是我要尊師重道，不能說他的壞話，所以我讓他在我的腦海裡，變成一隻搞笑的小豬，每次看到他都哈哈大笑，這就是一種想像力。就在我無厘頭的搞笑和白痴的想像力下，志豪版的《一個傻蛋賣香屁》完成了，感謝老天爺。

這是我對《賣香屁》作品和傳統智慧的致敬。「好人有好報，壞人有壞報」，是讓《賣香屁》故事流傳下來的真理，這是我創作後學習到的。

感謝親子天下給我這次的機會，也感謝編輯雅妮寶貴的提醒與建議，終於讓屁變得愈來愈香，真的。（拜託，有點想像力嘛！）

我誠摯的將這個故事，推薦給大家。

推薦文

我們的歷史和記憶

◎林文寶（臺東大學榮譽教授）

印刷術發達前的口傳故事

民間故事屬於民間文學中的一個類別。最初，在印刷術發達以前，民間故事是以口耳代代相傳，而非書寫的方式流傳。

在遙遠的口傳時代，庶民們過著日出而作，日落而息的生活，口說故事是他們日常生活中休閒與娛樂的方式之一。這些口傳故事是以統稱人物、虛擬的內容來表達庶民的情感或者願望。除了是日常生活中的休閒與娛樂外，也是孩子們的良師益友。這些故事有著庶民的共同歷史與記憶，也是族群的文化基因。

印刷術發達後的書寫故事

在印刷術發達後的文字書寫時期，一些民俗學家將這些民間的口傳故事收集而成民間故事集子。這些故事的主題大約涵蓋了：幻想故事、生活故事、民間寓言和民間笑話。故事中蘊含該地或該國家人民的生活、情感、思想觀念等，等於是一個民族的縮影，可以從中窺探特有的民族特性。

而民間故事之所以能夠在世界各地受到重視，最大的功臣當推「貝洛」（Charles Perrault, 1628～1703）和格林兄弟——「雅各」（Jacob Ludwig Karl Grimm, 1785～1863）與「威廉」（Wilhelm Karl Grimm, 1786～1859）。貝洛採集有《鵝媽媽的故事》，呈現出的不造作、明朗的氛圍，充分展現法國人敏捷的思考與機智的反應。格林兄弟在1812～1814年發表德國民間故事採集紀錄《兒童和家庭故事集》，從此開啟了民間故事科學性的採集新紀元，世界各地紛紛興起採集當地民間故事的熱潮。

民間故事的「變」與「不變」

每當人類往前邁出一大步，就會回頭重新審視這些舊有的口傳故事，讓它對新的處境說話；後世將口傳故事的原典，依照當下所處的時代，加以衍生以及改寫。不過我們同時也發現，從古到今，人性並沒有太大的改變，雖然古代社會和現代差別大得難以想像，但他們所創造的故事仍是可直達我們內心深處的渴望與恐懼。

這些流傳了上千上百年的故事，究竟有著什麼樣的魅力得以延續不斷？它必然具有某種特殊的吸引力，讓人們即使在多不勝數的新題材的故事環繞之下，仍舊不減損絲毫魅力而廣受歡迎。我認為，除了它獨特的寫作特性，如：具有濃厚的戲劇性、突出的性格表現、主題明確等因素外，最重要在於它「變」與「不變」的特質。

所謂「變」，民間故事由於是口耳相傳，在流傳過程中，難免會因各種因素的影響而有所變異、遺忘或省略，但絕不是永遠的在變動之中而無從捉摸。民間故事之所以能夠成為傳統，歸因於其穩定不變的一面；否則若只有「變」而無「不變」，則故事便無傳統可循。或說故事在流傳中自然就融合出一個普遍為百姓接受的標準模式。

舊瓶裡的新酒

至於改寫給兒童的民間故事，除考慮變與不變的本質之外，更應關注其可讀性與時代性。天下雜誌所推出的【嬉遊民間故事集】，便是以此四項原則，為耳熟能詳的民間故事披上新裝——

1.「**不變**」：從傳統故事中選取主要的故事骨架。
2.「**變**」：融入可引起孩子興趣的角色和情節。
3.「**可讀性**」：文字兼具文學性與趣味性。
4.「**時代性**」：故事安排，情節轉折貼近現代孩子。

由此讓故事兼具永恆的傳統之美以及鮮活的現代動感。

而民間故事究竟可以為孩子帶來什麼樣的學習？以此四書為例，它能讓孩子一邊看故事，一邊吸取主角的人生智慧。《奇幻蛇郎與紅花》以奇幻展現人生際遇，體會善惡果報；《機智白賊闖通關》引導孩子運用創意和機智，解決眼前困境；而《一個傻蛋賣香屁》則以滑稽美學，讓孩子體會手足之情彌足珍貴；《黑洞裡的神祕烏金》以勇氣追逐人生夢想，並了解愛物惜物、行善積德的意義。

在教育或學習的過程中，民間故事將讓孩子擁有我們共同的歷史與記憶，因為那是我們族群共同的文化基因。

推薦文

民間故事的價值

◎傅林統（資深兒童文學作家）

雖然許多成人在長大之後，把民間故事拋之腦後，但相信他們在童年時代都曾讀過或聽過一些民間故事。我們可以肯定的說：再也沒有比民間故事更能吸引兒童興趣的其他類型故事了，原因是故事能活到幾百年、幾千年，一定有它永恆不朽的生命力。

民間故事是全民的鏡子

司馬光編修的《資治通鑑》，被形容為「帝王的鏡子」，那麼凝聚一個民族幾千年流傳的生活經驗和智慧，儼然也是「全民的鏡子」。目前兒童文學裡的故事類型縱然很多，但民間故事自有它一再被改寫或再創作的價值。

自然調和的立足點？

目前風行於讀者之間的故事，大別之有兩大取向，一為「奇幻取向」，一為「現實取向」，兩大類各有所偏所執，唯有民間故事不偏不倚，具有調和的作用。甚至有許多奇幻故事淵源於民間故事；許多現實故事仿效民間故事的趣味性表現手法。

隱藏在日常生活中的故事

我們在日常的談話中，不時的會引用無數的民間故事，譬如：「那簡直是蛇郎君的寫照啊！」、「這不是跟李田螺一樣善有善報嗎？」、「這傢伙比白賊七更狡猾哩！」、「那不正是灰故娘嗎？」、「他宰了下金蛋的母鵝！」、「這不是桃太郎的化身嗎？」、「喔！他像極了藍鬍子！」

這些例子不勝枚舉！事實證明民間故事具有很高的價值，也證明民間故事跟生活息息相關，不應該讓現代的孩子與此「文化大河」隔離。

精練的語言

民間故事的語言，因為口傳所以十分精練，鏗鏘有力，毫無累贅，且帶有韻味和詩意。民間故事是採取了兒童最容易了解的，浪漫的，冒險的形式，更包含了美麗的意象，不管從哪個角度來說，都是很適合給兒童欣賞的藝術作品。

川流著永恆的真理

民間故事從久遠的祖先一代代傳下來，故事中脈脈流動著祖先的精神。在永垂不朽的民間故事中，我們可以發現它所標榜的真理，跟歷代聖哲所提示的真知灼見是相同的。

高明的文學技巧

民間故事在構成上有高明的技巧，這些故事雖然多數採取老套的「圓滿結局形式」，可是給讀者的卻是濃厚的、新鮮的興趣。為什麼會有這樣的效果？原因在於民間故事以一貫性的語言強調它的主題，並且在因果上賦以調和的關聯。

民間故事具有普遍的魅力，因此後來的文學家就不斷的加以改寫，不過這些作品如果只是用平凡的語言改變了面貌，那是沒有什麼價值的，我們應該在改寫的故事中，保存那該保存的先民的文化特質，改變該改變的時代的、環境的偏失和執著。更重要的是，在使兒童品嘗文學的甜美滋味之餘，也能發展他們無限伸展的思維和想像力。

民間故事像春雨，像甘霖，滋潤著我們的文化田土，安慰著我們脆弱的心，鼓舞著稚嫩的幼苗，我們該不斷用心企劃、改寫、出版，提供兒童更值得閱讀的民間故事啊！

故事賞析

聆聽古老的智慧

◎徐永康（臺灣兒童閱讀學會理事長）

我是個故事的收集者，收集從迦納來的朋友所說的《兔子兄弟》，也收集馬來西亞的朋友所說的《香蕉精》，當然也有美國的、印度的或日本朋友的故事。有趣的是，他們最記得的都是當地古老的民俗故事，每次分享這些故事之後，我們就會一塊兒討論每個故事。奇怪的是，為何每個區域、文化都有自己特有的民俗故事呢？而且每個特色都不盡相同，比如說，美國的故事，重視獨立冒險的精神；日本的故事強調彼此合作才能解決問題；我那個迦納來的朋友，他的故事卻是敘說如何以小搏大的智慧。仔細想想，來自不同國家的民俗故事，也都反映了當地的先人，在自然環境互動下的思想，並用口說故事的方式來延續著先人的智慧。

當時，換我上場時，我也說說我們華人的故事，其中包含著我極為喜歡的《賣香屁》，每次一說完，幾乎沒有例外，聽的人眼中含著淚，嘴角卻也笑得開懷！它是具有高階思考特質的故事，過程中悲中帶喜，情節中讓人想要深究道理，結局給人無限想像。不同於其他故事的是，《賣香屁》含有濃厚的華人固有的關懷倫理精神。我們很需要以關懷倫理為核心的生活，來面對現代人的生活困境，像是到了晚上，有上百萬人都在看著同樣的電視連續劇，但是節目結束後，許多人依然感到孤獨。

生活是要能和他人有主動的連結，對於需要幫助的人，能主動積極的協助與全神貫注的聆聽對方的語言，依據這兩個原則，增進彼此的福祉，當然，並不是每個人都是這樣想的。這個由傳統故事改編的《一個傻蛋賣香屁》故事中的兩兄弟，哥哥看似聰明，不斷的算計他人，弟弟看似魯鈍，卻認真的努力工作，實踐自己的生活信念；哥哥代表了一切用金錢來衡量的社會，而

弟弟則是代表一個如同尚未有金錢概念的社會，將富有建立在有多少個朋友上，愈是富有的人，也就愈能幫助別人，換句話說《一個傻蛋賣香屁》提醒了我們，怎樣才算是真正的富有。

最後，我們需要延續這樣的生活智慧，讓生活在此的孩子，聽聽《一個傻蛋賣香屁》的故事，故事中有著豐富的道德想像，如同古老的智者，時常拜訪他，他會給我們現代人很多寶貴的智慧。

閱讀123